ÉNÉE
ET
LAVINIE,

TRAGÉDIE;

REPRÉSENTÉE, POUR LA PREMIERE FOIS,

PAR L'ACADEMIE-ROYALE

DE MUSIQUE,

Le Mardi 14 Février 1758.

Et remise au Théâtre le Vendredi 18 Novembre 1768.

PRIX XXX. SOLS.

AUX DÉPENS DE L'ACADÉMIE.

A PARIS, Chés DE LORMEL, Imprimeur de ladite Académie, rue du Foin, à l'Image Sainte Genevieve.

On trouvera des Exemplaires du Poeme à la Salle de l'Opera.

M. DCC. LXVIII.

AVEC APPROBATION ET PRIVILEGE DU ROI.

Le Poeme est de FONTENELLE.

La Musique de M. DAUVERGNE, *Surintendant & Maître de la Musique du Roi.*

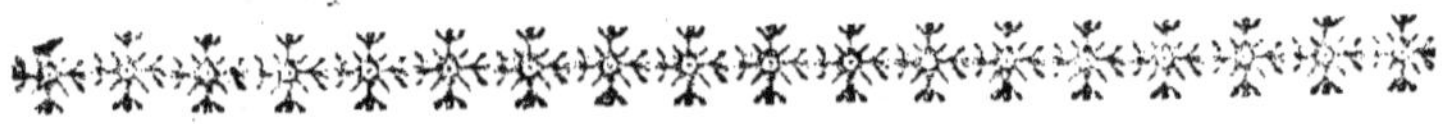

ACTEURS CHANTANTS
DANS LES CHŒURS.

Côté du Roi.		Côté de la Reine.	
Mesdemoiselles.	*Messieurs.*	*Mesdemoiselles.*	*Messieurs.*
Durand.	Héri.	Hebert.	l'Écuyer.
Guillaume.	Cailteau.	d'Agée.	Albert.
Fontenet.	Candeille.	des Rosieres.	Tourcati.
le Bourgeois	Van-Hecke.	Jouette.	Paris.
Beauvais.	Vatelin.	Leger.	Touvois.
Chenais.	Vaudemont.	de l'Or.	Beghain.
Veron.	Lagier.	Sophie.	Capois.
Renard.	Larssure.	Châteauneuf.	Laurent, c.
Héri.	Rose.	le Queux.	Boi.
Beauvernier.	Robin.		Laurent, l.
	Antheaume.		Huet.
	Méon.		Itasse.
	Botson.		Parant.
	Cleret.		Noel.
	Tacusset.		

ACTEURS.

ÉNÉE, *Prince Troyen*,	M. le Gros.
ILIONÉE, *ami d'*ÉNÉE,	M. Durand.
LAVINIE, *Princeſſe du Latium*,	Mlle. du Ranci.
CAMILLE, *Confidente de* LAVINIE,	Mlle. Rivier.
Le ROI *du Latium*,	M. Gélin.
La REINE,	Mlle. du Bois.
TURNUS, *Prince des Rutules*,	M. l'Arrivée.
Le GRAND-PRÊTRE *de* JANUS,	M. Muguet.
JUNON,	Mlle. du Plant.
Un FAUNE,	M. Durand.
Une DRIADE,	Mlle. Roſalie.
L'ORACLE de FAUNUS,	M. Caſſaignade.
L'OMBRE de DIDON,	Mlle. du Plant.
VÉNUS,	Mde. l'Arrivée.
IRIS,	Mlle. Roſalie.

PRÊTRES & PEUPLES *du* LATIUM.

SOLDATS *TROYENS* & *RUTULES*.

FAUNES & DRIADES.

BACCHANTES.

JEUX & PLAISIRS.

PEUPLES de l'*ASIE*.

GNOMES.

PERSONNAGES DANSANTS.

ACTE PREMIER.

PEUPLES LATINS.

M. GARDEL.

Mlle. MION.

Mrs. SIMONIN, des PREAUX.

Mlles. du PEREI, GARDEL.

le Grand, la Rue, Caſter, Ferrer, Hennequin, c., Delſire.

Mlles. Vernier, Riviere, de l'Aunai, d'Auvilliers, l'Aud'heumier, Adeline.

ACTE SECOND.

FAUNES ET DRIADES.

Mlle. HEINEL.

M. DAUBERVAL, Mlle. PESLIN.

Mrs. Cambu, Ferer, Martinet, Caſter, Pierſon, Rouſſel, Hennequin, c., le Romain.

Mlles. Vernier, le Roi, d'Auvilliers, Lavau, Hidoux, Iſoire, Villette, Julie.

ACTE TROISIEME.

BACCHANTES.

Mlle. ALLARD.

Mlles. HEINEL, ASSELIN.

Mlles. MION, PITROT.

Mlles. de Miré, Gaudot, Grandi, Mercier, la Fond, Buard, Mimi, Iſoire, Hidoux, Teſtard, d'Auvilliers, Vernier, Lavau, Gillſenan, le Houx, Tacite.

ACTE QUATRIEME.

JEUX ET PLAISIRS.

M. VESTRIS, Mlle. GUIMARD.

Mrs. Leger, Riviere, Trupti, Granier, du Bois, Gardel, c., des Preaux, Lani, c., Aubri, Pierſon, Hennequin, l., Ferer.

Mles. Gaudot, Grandi, Mercier, la Fond, Buart, Mimi, Teſtard, Blondeval, Gillſenan, le Houx, Tacite, la Chaſſaigne.

GRACES.

Mlles. AUDINOT, du PEREI, d'ERVIEUX.

AMOURS.

Mlles. des PERIERES, BERVILLE.

ACTE CINQUIEME.

HÉBÉ,

Mlle. GUIMARD.

SUITE D'HÉBÉ.

Mlle. ASSELIN.

Mlles. Dervieux, Audinot, le Roi, le Clerc, Louiſon, Riviere, Buret, Adeline.

ESPRITS DE L'AIR.

M. GARDEL.

M. LANI.

M^rs. Allix, Beaulieu, Gallet, le Grand, Gambu, Ferrer, Balderoni, le Romain.

GNOMES & GNOMIDES.

Mlle. ALLARD.

M. DAUBERVAL, Mlle. PESLIN.

M^rs. Leger, Riviere, Granier, des Preaux.
Mlles. de Miré, Gaudot, Grandi, Blondeval.

ÉNÉE,

ÉNÉE ET LAVINIE,

TRAGÉDIE.

ACTE PREMIER.

Le Théâtre repréſente le Temple de Jânus, dont les portes ſont ouvertes, la guerre entre Énée & Turnus n'étant pas terminée. On voit, dans le fond du temple, la ſtatue de Jânus, aux piés de laquelle ſont enchaînées la Diſcorde, la Haîne, la Fureur & la Guerre.

SCÊNE PREMIERE.

ÉNÉE, ILIONÉE.

ILIONÉE.

Enfin voici le jour qui donne à la princeſſe
Ou vous, ou Turnus pour époux ;
Le Roi va choiſir entre vous.
Chaſſés cette ſombre triſteſſe :

B

Pourquoi vous refuser à l'espoir le plus doux ?

ÉNÉE.

Non, ne me flate point d'une espérance vaine.
De mes tendres soûpirs je recevrois le fruit,
Malgré l'heureux Turnus, appuyé par la Reine!
Non, ne me flate point d'une espérance vaine;
Non, je connois trop bien le sort qui me poursuit.

SCÊNE II.

ÉNÉE, LAVINIE, ILIONÉE; CAMILLE.

ÉNÉE.

DAignés vous arrêter, princesse trop charmante;
Tournés les yeux sur moi : j'attends ici mon sort;
J'attends, dans un moment, ou la vie ou la mort:
Quel moment, juste ciel! mon cœur s'en épouvente.

LAVINIE.

Il est vrai que ce jour va régler les destins
Des trop infortunés troyens :
Vous sortirés du-moins d'incertitude;
Vous saurés si les Dieux, désarmant leur couroux....

ÉNÉE.

Je vais ſavoir ſi je dois être à vous ;
C'eſt toute mon inquiétude.
Sur mon deſtin malheureux
Un regard de vos beaux yeux
Eſt l'oracle que j'implore :
Accordés à qui vous adore
Un ſeul regard de vos beaux yeux.

LAVINIE.

Dans mes regards que pourriés-vous apprendre ?
Entre vous & Turnus le Roi ſeul choiſira.

ÉNÉE.

A ce choix, quel qu'il ſoit, votre cœur ſe rendra ?
Ah ! ceſſés de vous en défendre.
Oui, l'Amour prépare à vos vœux
Le ſuccès le plus favorable :
Peut-il ceder à d'autres dieux
Le ſoin de rendre heureux
L'objet le plus aimable ?
Princeſſe, ne différés pas ;
Parlés, nommés l'amant que votre cœur préfere.

LAVINIE.

A quoi m'expôſerois-je, hélas !

En prévenant le choix d'un pere?

ÉNÉE.

O Vénus, o mere d'amour!
Croirai-je encor que je vous dois le jour?

(*On entend une annonce de Marche.*)

LAVINIE.

Qu'entends-je?.. le Roi vient; l'heure fatale arrive!

ÉNÉE.

Vous ne rassûrés point mon âme trop craintive!

LAVINIE.

Prince, si dans ce jour le choix m'étoit permis,
Vous pourriés reconnoître
Que Vénus a toûjours favorisé son fils.

ÉNÉE.

Ah, ciel! se pourroit-il....

LAVINIE.

Je vois le Roi paroître.

(*Marche.*)

SCÈNE III.

LE ROI, LA REINE, LAVINIE, ÉNÉE, TURNUS, ILIONÉE, CAMILLE, PRÊTRES DE JANUS, GARDES, SOLDATS TROYENS, SOLDATS RUTULES, PEUPLES LATINS.

LE ROI.

Vous, qui dans les combats futes si redoutés,
Nobles rivaux, qui consentés
A terminer une guerre cruëlle ;
Je vais, dans ce grand jour, prononcer entre vous;
De Lavinie enfin je vais nommer l'époux :
Puisse mon choix produire une paix éternelle!

O Jânus ! c'est à toi de nous rendre la paix.

ÉNÉE & TURNUS.

O Jânus ! nos serments sont garents de la paix.

LE ROI, ÉNÉE & TURNUS.

Retiens captives désormais
La Guerre, la Fureur, la Discorde & la Haîne;
Retiens-les à tes piés sous une même chaîne.

LE ROI & LE CHŒUR.

Ensemble. O Jânus ! c'est à toi de nous rendre la paix.

ÉNÉE & TURNUS.

O Jânus ! nos serments sont garents de la paix.

(*Danse des peuples, qui demandent à* JANUS *le retour de l'Age-d'or.*)

CHŒUR.

Jours heureux, jours pleins de charmes,
Recommencés votre cours :
Vous, qui coûliés sans allarmes,
Revenés, aimables jours.

(*On danse.*)

ILIONÉE.

Doux charme de nos âmes,
Plaisirs, Amours, régnés sur tous les cœurs ;
La Paix va rallumer vos flâmes ;
Plaisirs, Amours, soyés nos seuls vainqueurs.
Que le feu de la Guerre
Cede au feu de l'Amour.
Qu'il enflâme à son tour
Et les cieux & la terre :
Qu'en ces lieux désormais
Tout respire la Paix.

Doux charme, &c.

(*On danse.*)

LE ROI.

Miniſtres de Jânus, vous, que de ſes miſteres
Il a rendu dépoſitaires,
Pour marque de la paix, fermés l'auguſte lieu
Habité par le Dieu.

(Les prêtres ferment les portes avec cérémonie.)

LE GRAND-PRÊTRE.

Que l'on garde un profond ſilence;
Le Roi va déclarer ſon choix,
Si les dieux aux humains refuſent leur préſence,
Ils daignent leur parler par la bouche des rois.

(Dans ce moment les portes du temple s'ouvrent d'elles-mêmes, avec un grand bruit; tout le temple paroît en feu; les quatre Déites, enchaînées aux piés de Jânus, s'envolent.)

CHŒUR.

Quel bruit affreux ſe fait entendre!
Quel ſpectacle eſt offert à nos yeux étonnés?
Charmante Paix, que nous ôſions attendre,
Eſt-ce ainſi que vous revenés?

(Junon deſcend du ciel.)

SCÈNE IV.

JUNON, & *les* ACTEURS *de la ſcène précédente.*

JUNON, dans ſon char.

VOus ôſés préparer une paix qui m'offenſe :
Tremblés !... Et vous, Turnus, conſommés ma vengeance !
Chaſſés des bords Auſonïens
Les perfides troyens.

Que les plus horribles tempêtes
Sur ces peuples errants s'aſſemblent dans les airs :
Que la foudre s'enflâme & gronde ſur leurs têtes ;
Qu'ils ſoient précipités dans l'abîme des mers !

(*JUNON remonte aux cieux.*)

SCÈNE

SCÈNE V.

LE ROI, LA REINE, LAVINIE, ÉNÉE, TURNUS, &c.

LE ROI.

QU'ai-je entendu ? quel excès de colere !
Les dieux connoîſſent-ils ces tranſports furieux ?

ÉNÉE.

Eſpérons du ſecours : ſi Junon m'eſt contraire,
J'ai d'autres dieux pour moi, qui partagent les cieux.

LE ROI.

Sortons, ne ſongeons plus au choix que j'allois faire :
Nous devons ce reſpect à la Reine des dieux.

SCÈNE VI.

LA REINE, TURNUS.

ENSEMBLE.

TRïomphons, trïomphons! tout nous est favorable:
Accâblons les troyens, ne les épargnons plus :
Par une vengeance implacable
Réparons les moments que nous avons perdus.

FIN DU PREMIER ACTE.

ACTE SECOND.

Le Théâtre repréſente un bois conſacré à Faunus. On voit, dans le fond, la ſtatue du Dieu.

SCÈNE PREMIERE.

LAVINIE, *ſeule.*

TOI, qui ſouvent nous marques ta préſence
Dans ce bois, qui t'eſt conſacré,
Faunus, toi dont mon pere a reçu la naiſſance,
Permèts à mes ſoûpirs de troubler le ſilence
De ce ſéjour ſi révéré.

SCÈNE II.

CAMILLE, LAVINIE.

CAMILLE.

Pourquoi dans ce lieu ſolitaire
Venés-vous de vos pleurs entretenir le cours ?
Si Junon pourſuit toûjours
Le héros qui ſait vous plaire,
La Déèſſe des amours
N'eſt pas un foible ſecours.

LAVINIE.

Ah ! que peut-il atttendre
Du ſecours de Vénus ?

Elle a cauſé les feux qui vinrent me ſurprendre ;
Je l'aime, je le plains, & ne puis rien de plus.
Ah ! que peut-il attendre
Du ſecours de Vénus ?

Lorſque du haut des cieux Junon vient de deſcendre
Pour armer contre lui mon pere avec Turnus,
L'objet d'une flâme ſi tendre
N'a pour lui que ces pleurs, que tu me vois répandre,
Et qui lui ſont même inconnus.
Ah ! que peut-il attendre
Du ſecours de Vénus ?

SCÈNE III.

LE ROI, LAVINIE, CAMILLE.

LE ROI.

MA fille, je ne puis renoncer, qu'avec peine,
A l'espoir de la paix, dont j'ôsois me flâter :
Peut-être que le ciel n'approuve point la haîne.
Que Junon a fait éclater.
Dans le doute où je suis, j'ai recours à mon pere :
Son Oracle souvent me conduit & m'éclaire ;
Et je viens pour le consulter.

Habitant redoutable
De ces antres & de ces bois,
Toi, pour qui l'avenir n'a rien d'impénétrable,
Toi, qu'oblige le sang à m'être favorable,
Tu peux seul dissiper le trouble où tu me vois;
Daigne faire entendre ta voix.

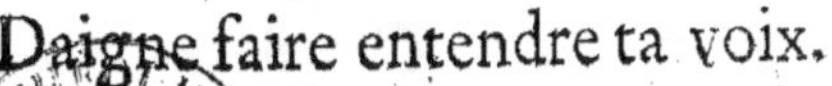

SCÈNE VI.

LE ROI, LAVINIE, CAMILLE, FAUNES ET DRIADES.

CHŒUR de FAUNES & de DRIADES.

QUittons nos demeures ſauvages,
Sortons de nos antres ſecrèts ;
Écoutons, écoutons le Dieu de ces forèts.
De l'obſcur avenir il perce les nüages :
Écoutons, écoutons, &c.

L'ORACLE DE FAUNUS.

Les Amours vont bien-tôt ramener parmi vous
La Paix, qu'ils en avoient bannie.
Le Ciel ſuivra les vœux de Lavinie
Sur le choix d'un époux.

LE ROI.

Ma fille, tu le vois, nos frayeurs étoient vaines ;
La fureur de Junon n'a qu'un foible pouvoir.

LAVINIE.

Eûſſions-nous ôſé dans nos peines
Nous flater d'un ſi doux eſpoir ?

(Danſe des faunes & des driades , qui marquent leur joie d'un oracle ſi favorable.)

UN FAUNE & UNE DRIADE,
alternativement avec le CHŒUR.

Chantons, cent & cent fois,
Rendons hommage au Dieu des bois.
Il perce la nuit des tems
Sur le deſtin des amants:
S'ils aiment bien, s'ils ſont charmants,
Il voit la fin de leurs tourments.
Jeune beauté, quel ſort plus doux !
De tels oracles ſont faits pour vous.

Avec un cœur qui ſait aimer,
Goûtés le plaiſir de charmer ;
Non, rien ne doit vous allarmer :
Malgré les deſtins jaloux,
L'Amour nous protege tous:
Brûlés, imités-nous:
Peut-on aſſés reſſentir ſes coups ?
Voici le jour des Ris, des Jeux;
Le dieu Faunus remplit nos vœux :
L'Oracle enfin a prononcé ;
L' augu ſte himen eſt annoncé:
C'eſt l'Age-d'or
Qui renaît encor.

(On danſe.)

LE *ROI*, *à* LAVINIE.

Entre les deux héros il faut que tu choisisses :
Songe à régler enfin le sort qui les attend.
Sans-doute que les dieux, à tes vœux si propices,
Daigneront t'éclairer sur ce choix important.

SCÈNE V.

LAVINIE, *seule.*

JE me livre au bonheur dont ma peine est suivie :
Grands dieux, de quels plaisirs mon cœur est pénétré !
Un aimable héros, en secret adoré,
Recevra de ma main le bonheur de sa vie !
Il pouvoit le tenir du Roi ;
Mais que j'aime à penser qu'il tiendra tout de moi !

(*On entend une simphonie.*)

Dieux, quelle est ma frayeur mortelle !
Une obscure vapeur s'éleve des enfers !
Quels fantômes, sortis de la nuit éternelle,
Ôsent paroître dans les airs ?
Dieux, justes dieux ! quel spectacle terrible ?
Où suis-je ? quel est mon effroi !
Dérobons-nous, s'il est possible.

SCÈNE

SCÈNE VI.

LAVINIE, L'OMBRE DE DIDON.

L' O M B R E.

ARrête, Lavinie, arrête ! écoute moi.
Je fus Didon, je regnai dans Carthage :
Un étranger, rebut des flots & de l'orage,
De ma prodigue main reçut mille bienfaits :
L'Amour en sa faveur avoit séduit mon âme ;
Par une feinte ardeur il augmenta ma flâme,
Et m'abandonna pour-jamais.

L A V I N I E.

Ah, quelle trahison !

L' O M B R E.

Mon désespoir extrême
Arma mon bras contre moi-même :
Ma mort ne pût toucher mon indigne vainqueur.

L A V I N I E.

Le perfide ! l'ingrat !

L' O M B R E.

Cet ingrat, ce perfide,

C'eſt ce même troyen, pour qui l'amour décide
Dans le fond de ton cœur.

(*L'Ombre s'abîme.*)

SCÈNE VII.

LAVINIE, ſeule.

Quel abîme de maux à mes yeux ſe préſente!..
Juſte Ciel, prends pitié de la plus tendre amante!

FIN DU SECOND ACTE.

ACTE TROISIEME.

Le Théâtre repréſente les jardins d'un Palais de Circé, qu'elle a laiſſé à Latinus ſon petit-fils.

SCÈNE PREMIERE.

LA REINE, TURNUS.

LA REINE.

Puiſque ma fille encor ne ſuit pas mon attente,
Non, il n'eſt rien que je ne tente.
Bacchus eſt aujourd'hui célébré parmi nous,
Il ne voit les troyens que d'un œil de couroux;
Tournons contre eux les fureurs qu'il inſpire:
Peut-être aîdera-t-il lui-même à nos tranſports;

Peut-être ferons-nous que le peuple conſpire
A les chaſſer tous de ces bords.
La princeſſe paroît, je vous laiſſe avec elle :
La fête de Bacchus m'appelle.

SCÈNE II.

LAVINIE, TURNUS.

TURNUS.

PRincesse, est-il donc vrai que vos vœux si long-
tems
Entre Énée & Turnus puissent être flotants?

LAVINIE.

Souffrés, avec moins de colere,
Que je ne précipite rien :
Le choix que je dois faire
Regle le sort des états de mon pere,
Et décide du mien.

TURNUS.

Ne me trompés point, inhumaine!
Je ne connois que trop quel est votre embarras ;
Non, vous ne balancés pas :
Ce n'est point votre choix qui vous rend incertaine;
Vous tremblés seulement à nous le déclarer;
Et plus vous y sentés de peine,
Plus je vois quel amant vous voulés préférer.

LAVINIE.

Si mon choix étoit fait, quelle raiſon ſecrete
M'obligeroit de le cacher ?

TURNUS.

Ah ! pourriés-vous ne vous pas reprocher
L'injure que vous m'auriés faite ?

Je ſuis du ſang dont vous ſortés ;
Je vous aimai, dès l'âge le plus tendre ;
Mes vœux ſont les premiers qu'on vous ait fait entendre,
Et vos fers ſont les ſeuls que mon cœur ait portés.
Ne redoutés-vous point une honte éternelle
En nommant un troyen, inconnu dans ces lieux,
Qui, peut-être, pour d'autres yeux
Brûla ſouvent d'une flâme infidele ?...
Vous vous troublés !

LAVINIE.

Seigneur...

TURNUS.

Ce trouble que je voi
M'apprend ce qu'il faut que j'eſpere :
Vous voyés, malgré vous, tout le prix de ma foi,
Et vous ſentés, avec colere,

Que la raiſon vous parle encor pour moi.

LAVINIE.

Il eſt vrai, la raiſon pour vous ſe fait entendre;
Mais elle peut auſſi parler pour un rival.
Le deſtin de tous deux de mon choix doit dépendre;
Vous êtes dans un rang égal.

TURNUS.

Hé! peut-il comme moi vous aimer pour vous-même?
Haï des dieux, errant & par-tout rebuté,
Il n'a que votre himen pour fuir l'horreur extrême
Du ſort, qui le pourſuit, & qu'il a mérité.

LAVINIE.

Des vœux intéreſſés n'ont guere de puiſſance.
Si par de feints ſoûpirs on prétend m'impôſer,
Je ſaurai démêler un deſſein qui m'offenſe.

TURNUS.

Vous ſaurés vous le déguiſer.

Mais je ne prétends pas immoler ma tendreſſe:
J'aurai pour impôſer à la témérité
Et combattre votre foibleſſe,
Les plus grands dieux, la Reine & mon cœur irrité.

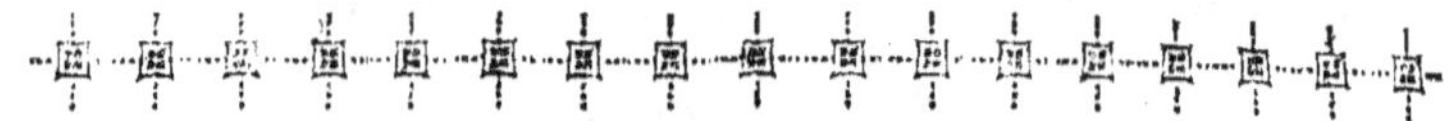

SCÊNE III.

LAVINIE, seule.

QUelle superbe plainte a-t-il ôsé me faire ?
Quel est ce fier emportement ?..
Si l'on contraint mes vœux, s'il faut perdre un amant,
Qu'un instant si fatal pour le moins se differe.

(*On entend un prélude bruyant.*)

Quentends-je ?.. quel bruit confus!..

(*Des bacchantes paroîssent au fond du théâtre.*)

Ce sont les fêtes éclatantes
Qu'on offre en ce jour à Bacchus...
La Reine conduit les bacchantes!

SCÊNE

SCÊNE IV.

LA REINE, LAVINIE, BACCHANTES *qui celebrent la fête de* BACCHUS

(On danse.)

CHŒUR.

CHantons Bacchus & ses bienfaits.
Quels fruits ont plus d'attraits
Que les fruits dont il se couronne ?
Les plaisirs ne quittent jamais
L'aimable cour qui l'environne :
La raison fuit, dès qu'il l'ordonne,
Et laisse les humains en paix.
Chantons Bacchus & ses bienfaits.

(On danse.)

LA REINE, alternativement avec le CHŒUR.

Heureux les lieux où sa présence
Répand mille appas !
Heureux les climats
Qui lui donnerent la naissance !
Heureux les lieux ou sa présence
Répand mille appas !

(On danse.)

LA REINE.

Les troyens déteſtent la Grece;
Bacchus y prit naiſſance, il la comble de biens;
Allons, que chacun s'emprèſſe
A pourſuivre les troyens.
(Une fureur divine ſaiſit les bacchantes.)

LA REINE & le CHŒUR.

Cherchons en tous lieux nos victimes,
Cherchons les troyens, hâtons-nous:
Que l'exil les diſperſe tous,
Que le fer puniſſe leurs crimes;
Qu'ils périſſent dans les abîmes
De la mer en couroux!

O toi, qui contre eux nous animes
Par des fureurs ſi légitimes,
Bacchus, tu dois être jaloux
D'égaler Junon par tes coups:
Viens, frappe avec nous tes victimes!

LA REINE.

Toi, qui, par des tranſports puiſſants,
Te rends le maître de nos âmes,
De Lavinie embrâſe tous les ſens;
Inſpire-lui la haîne que je ſens
Et la fureur dont tu m'enflâmes;
Deſcends dans ſon cœur, deſcends.

(*Danse des bacchantes furieuses, autour de* LAVINIE.)

LAVINIE.

Où suis-je, o ciel! dans les murs de Carthage
Qui m'a pu soudain transporter?
J'y vois les feux allumés par la rage
D'une amante que l'on outrage;
Je la vois s'y précipiter;
J'entends ses cris: dieux! elle expire
En nommant un ingrat, insensible à sa mort.

C'est envain qu'en ces lieux ton lâche cœur aspire
A me faire un semblable sort:
Va, perfide troyen! cherche une autre conquête.

Reine, écoutés.... écoutés tous.
Je choisis....

LA *REINE.*

Déclarés un choix digne de vous.

LAVINIE.

Malheureuse Didon!...

LA *REINE* ET LE *CHŒUR.*

Parlés: qui vous arrête?

LAVINIE.

Je choiſis Turnus pour époux.

(*Elle ſort.*)

LA REINE & le CHŒUR.

(*Pendant le morceau ſuivant la danſe exprime ſa joie du choix de* Lavinie.)

Que nos cris d'allegreſſe
S'élevent juſqu'aux cieux :
Nous ſommes victorïeux :
Chantons, chantons ſans-cèſſe ;
Nous ſommes victorïeux.
Que nos cris d'allegreſſe
S'élevent juſqu'aux cieux.

FIN DU TROISIEME ACTE.

ACTE QUATRIEME

Le Théâtre repréſente le palais de Circé.

SCÈNE PREMIERE.

ÉNÉE, ſeul.

MAÎTRE du ciel, o toi, dont la puiſſance,
Malgré mille dangers, m'a conduit dans ces lieux,
Entends ma voix, daigne écouter mes vœux!
Tu vois mon ſort cruël : grand Dieu, prends ma défenſe;
Ou que ſur moi de la Reine des cieux
Ta foudre acheve la vengeance!

Je pers l'aſile heureux, promis à nos travaux,
Et c'eſt le moindre de mes maux.

Maître du ciel, *&c.*

SCÈNE II.

ÉNÉE, LAVINIE.

ÉNÉE.

ME cherchés vous, cruëlle ?
Venés-vous insulter à ma douleur mortelle ?
Ah ! laissés-moi mourir ;
Laissés-moi dispôser de mon dernier soûpir.
Que dis-je ? non, venés, venés répondre
Aux reproches qui vous sont dûs :
Je veux, en mourant, vous confondre
Sur l'injuste choix de Turnus.
Mes transports, mon amour....je sens que je m'égare....
Il règne en mon esprit un désordre fatal...
Hélas ! est-il bien vrai que votre cœur barbare
Me sacrifie à mon rival?

LAVINIE.

Vous prenés un soin inutile ;
Que vous sert d'étaler une feinte douleur ?
Si l'himen en ces lieux vous fait un sort tranquille,
Ma perte est un foible malheur.

ÉNÉE.

Ah! que ne puis-je, à vos yeux même,
Porter ailleurs mes soûpirs & ma foi!
Pourquoi feindrois-je ici ce désespoir extrême?
Que pourrois-je espérer? tout est perdu pour moi!

LAVINIE.

L'amour sur votre cœur n'a pas tant de puissance;
Didon avoit su l'embrâser;
Vous vites cependant sa mort avec constance.
La gloire des héros sans-doute les dispense
De la fidélité, de la reconnoissance
Qu'aux vulgaires amants l'amour fait impôser.

ÉNÉE.

De ce crime odïeux cessés de m'accuser.
Didon par ses bienfaits me prévenoit sans-cèsse:
Reconnoissant de sa tendresse,
Plus que touché de ses appas,
Je lui donnois un cœur, qui ne se donnoit pas:
Et si je la quittai, tel fut l'ordre suprême
De Jupiter lui-même.

LAVINIE.

O Ciel!

ÉNÉE.

Que n'ai-je pu, grands dieux,

L'aimer, vivre auprès d'elle, éloigné de vos yeux!
Je n'éprouverois pas le déſeſpoir extrême
De voir ce que j'adore inſenſible à mes feux.

LAVINIE.

Hé quoi! vous m'aimeriés d'un amour ſi ſincere?
Laiſſés-moi plûtôt en douter.

ÉNÉE.

D'où vient que je vous vois à vous-même contraire?
Hé! quel trouble ſecret ſemble vous agiter?

LAVINIE.

Si j'avois votre cœur que je ſerois à plaindre!

ÉNÉE.

Achevés: qui peut vous contraindre?

LAVINIE.

Qu'aurois-je fait, grands dieux! Turnus ſeroit nommé,
Et vous ſeriés aimé!

ÉNÉE.

Qu'entends-je! pourquoi donc, par un choix ſi funeſte....

LAVINIE.

LAVINIE.

Les enfers contre vous ont fait parler Didon,
Une fureur divine, hélas! a fait le reste;
Et d'un amant, que je déteste,
Elle a su m'arracher le nom.

ÉNÉE.

D'une aveugle fureur desavoüés l'ouvrage.

LAVINIE.

Il n'est plus tems; mon choix est su du Roi.
Ma gloire, mes serments, la Reine, tout m'engage
A suivre une cruëlle loi.

ÉNÉE ET LAVINIE.

O ciel, quelle infortune extrême!

ÉNÉE.

Je vais perdre, à-jamais, le seul objet que j'aime.

LAVINIE.

Du bien qui m'attendoit je me prive moi-même.

ÉNÉE ET LAVINIE.

O mort! de nos tourments venés nous délivrer.
O mort! unissés-nous; on nous va séparer.

LAVINIE.

Je vois Turnus ; il faut que je l'évite.

ÉNÉE.

Laiſſés-moi lui parler ; dérobés-lui vos pleurs.
Puiſque je ſuis aimé, ce que mon cœur médite
Peut réparer tous nos malheurs.

SCÈNE III.

ÉNÉE, TURNUS.

ÉNÉE.

Seigneur, vous cherchés Lavinie;
Permettés qu'un moment j'ôse arrêter vos pas.
On a fait choix de vous, & la guerre est finie:
Je sais trop que dans les combats
Le sang de nos sujèts ne se doit plus répandre;
Mais je puis encore prétendre
Que, le fer à la main, aux yeux de nos soldats,
Nous terminions seuls nos débats.

TURNUS.

Préféré par l'objet que j'aime,
Je sais que je pourrois ne pas prendre la loi
De votre désespoir extrême;
Mais à la gloire aussi je sais ce que je doi:
J'accepte le combat, & j'obtiendrai du Roi
Qu'il en soit l'arbître suprême.
Cependant, Seigneur, redoutés
Un rival, qui sur vous a déjà l'avantage.

ÉNÉE.

La victoire que vous vantés
N'eſt pas pour vous, peut-être, un ſi charmant préſage.

(*On entend une harmonie très-douce.*)

SCÊNE IV.

ÉNÉE, *ſeul.*

J'Entends d'agréables concerts :
Une clarté plus pure
Se répand dans les airs :
Un nouveau charme embellit la nature
Et pare l'univers.
C'eſt Vénus qui deſcend ; tout me fait reconnoître
La Déëſſe de la beauté.
Et quelle autre divinité
Peut annoncer ainſi qu'elle eſt prête à paroître ?

(*Vénus deſcend des cieux.*)

SCÈNE V.

VÉNUS, les GRACES, ÉNÉE, PLAISIRS *de la suite de* VÉNUS ; *deux* AMOURS, *portant des armes pour* ÉNÉE.

ÉNÉE.

DÉèsse, à qui je puis donner des noms plus doux,
Mere des Amours & ma mere,
Quel destin, quelle loi severe
M'a si long-tems fait languir loin de vous ?

VÉNUS.

Mon fils, connois mieux ma tendresse ;
Tu ne vois pas toûjours ce que fait mon pouvoir :
En possedant le cœur d'une aimable princesse,
Penses-tu ne me rien devoir ?

Quand l'épouse du Dieu qui lance le tonnerre,
Arme contre tes jours & le ciel & la terre,
Apprends ce que j'oppôse à toutes ses fureurs ;
Je te donne les cœurs.
J'ai fait plus : ton rival a des armes fatales,
Teintes dans les eaux infernales ;
Et je t'aporte ici des armes, que Vulcain
Vient de forger pour toi d'une immortelle main.

(*Danse des Grâces & des Plaisirs.*)

VÉNUS.

Plaiſirs, préſentés-lui les armes
Qui de ſon ennemi rendront le ſort douteux :
Et vous, Grâces, Amours, verſés ſur lui les charmes
Qui d'un aimable objet redoubleront les feux.

(Les Plaiſirs, les Amours & les Grâces exécutent, en danſant, les ordres de Vénus.)

CHŒUR.

Quels trïomphes charmants ! Déèſſe de Cithere,
Tu parois, tous les cœurs te demandent des fers.
D'un regard, la beauté commande à l'univers :
C'eſt regner que de plaire.

VÉNUS.

Doux plaiſirs, filés les jours
D'un fils que j'aime :
De ſon ſort, dieu des Amours,
Prends ſoin toi-même.

CHŒUR.

Vole, règne toûjours.

VENUS.

Viens, doux Himen, enchaîner ſon amante.

CHŒUR.

Remplis l'attente
Qui les enchante.

VÉNUS.

Viens, répands tes biens charmants.

CHŒUR.

Viens, répands tes biens charmants.

VÉNUS.

Dieu d'Amour, tendre Amour,
Ramene la Paix;
Rends à cette cour
Ses plus doux attraits.

CHŒUR.

Dieu d'Amour, *&c.*

VÉNUS.

Plaisir, remplis mes souhaits;
Les dieux t'ont fait naître exprès:
Règne sans-cèsse.

CHŒUR.

Vole, suis ta Déèsse.

VÉNUS.

Forme des chaînes de fleurs.

CHŒUR.

Règne par tes faveurs.

VÉNUS.

Plaisir, remplis tous les cœurs.

VÉNUS ET LE CHŒUR.

Tendre Amour, doux Himen, c'est Vénus qui l'ordonne ;
Préparés pour son fils la plus belle couronne.

FIN DU QUATRIEME ACTE.

ACTE

ACTE CINQUIEME.

Le Théâtre repréſente le Temple de Junon.

SCÈNE PREMIERE.

LAVINIE, ſeule.

QUEL triſte ſort dans ce temple m'amene?
Pourquoi faut-il que j'y ſuive la Reine?
Ici tout reconnoît la Maitreſſe des dieux,
Qui nous haît, & qui nous accâble:
Turnus ſeroit peu redoutable,
Sans le ſecours qui lui vient de ces lieux.

Peut-être le combat en ce moment commence,
Peut-être en ce moment Énée eſt en danger.

Justes Dieux, prenés sa deffense!
Ah! pourriés-vous ne le pas protéger?

SCÈNE II.

LA REINE, LAVINIE.

LA REINE.

MA fille, trïomphons; j'ai fait un sacrifice
Qui nous promet un heureux sort.
Du plaisir que je sens partage le transport:
Il n'en faut point douter, Junon nous est propice,
Et l'on va du troyen nous annoncer la mort.

LAVINIE.

Sa mort!.. ah, je frémis!

LA REINE.

Quelle est cette surprise!
Quoi? contre un ennemi le ciel nous favorise,
Et j'entends vos soûpirs, je vois coûler vos pleurs!

LAVINIE.

Puisque ma flâme s'est trahie,
Je ne vous cache plus mes mortelles douleurs;
Avec cet ennemi je vais perdre la vie.

LA REINE.

Quentends - je ? ah ! rougiſſés de cet indigne amour.

LAVINIE.

Contentés-vous, qu'il m'en coûte le jour.

SCÊNE III.

LA REINE, LAVINIE, CHŒUR, *que l'on entend, & qu'on ne voit point.*

(On entend un bruit de trïomphe.)

LA REINE.

Quels ſons ! la trompette éclatante
Annonce de Turnus le ſuccès glorïeux.

CHŒUR, *derriere le théâtre.*

Élevons juſqu'aux cieux
La valeur trïomphante.

LA REINE.

O Junon !

LAVINIE.

Je frémis !

LE CHŒUR.

Chantons le jour heureux

Qui comble notre attente.

(*Le Roi paroît, conduisant* ÉNÉE, *entouré de Soldats & de Peuples.*)

LA REINE.

Ciel, que vois-je! fuyons un vainqueur odïeux.

SCÈNE IV.

LAVINIE, LE ROI, ÉNÉE, SOLDATS TROYENS, PEUPLES.

LE ROI, présentant ÉNÉE *à* LAVINIE.

VEnés, digne héros, que ma fille couronne
Le trïomphe éclatant que la valeur vous donne.

ÉNÉE, à la PRINCESSE.

Ah! n'accorderiés-vous votre main qu'au vainqueur?
Non; qu'elle soit le prix de toute ma tendresse.

LAVINIE.

Vénus peut lire dans mon cœur;
Et vous êtes son fils; croyés-en la Déèsse.

ÉNÉE, s'avançant à l'Autel de JUNON.

Redoutable Junon, je viens à vos genoux

Par des reſpects profonds expïer ma victoire :
L'Amour vient d'égaler mon bonheur à ma gloire ;
Et dans ce même inſtant je me ſoûmèts à vous.

LAVINIE & ÉNÉE, la main pôſée ſur l'autel.

Par un ſerment à-jamais reſpecté,
Souffrés { qu'à ce héros / qu'à ma princeſſe } un tendre himen me lie.
Nous n'implorons ce nœud ſi ſouhaité,
Que pour avoir la liberté
De nous aimer le reſte de la vie.

LE ROI.

Ah, quel préſage heureux ! quelle vive clarté ?

SCÊNE V.

LES ACTEURS DE LA SCÊNE PRÉCÉDENTE, JUNON, IRIS.

(*JUNON descend dans une Gloire, environnée de ses attributs.* IRIS *est auprès d'elle, pôsée sur son Arc.*)

JUNON, dans sa gloire.

INvincible guerrier, Junon vient vous apprendre
Qu'à vos heureux destins elle daigne se rendre:
Ma haîne contre vous n'a que trop combattu.
Il n'est rien qu'à la fin la vertu ne surmonte;
A Vénus tout cede sans honte,
Et vous avés pour vous Vénus & la vertu.

LE *ROI, LAVINIE, ÉNÉE.*

O suprême bonté! quelle reconnoissance!...

JUNON.

Iris, rassemblés dans ces lieux
Tous les Êtres soûmis à mon obéissance:

(*IRIS descend sur son arc.*)

Je veux sur ces époux signaler ma puissance
A force de les rendre heureux.

(*JUNON disparoît.*)

IRIS, d'abord seule, & ensuite alternativement avec le CHŒUR.

Junon commande
Du haut des cieux jusqu'au fond des enfers;
Que, sur la terre & dans les airs,
A sa voix tout vole & se rende.

SCÈNE DERNIERE.

LES ACTEURS DE LA SCÈNE PRÉCÉDENTE, *hors* JUNON;

*HÉBÉ, NIMPHES de sa suite, ESPRITS de l'Air, GNOMES & GNOMIDES, PEUPLES de l'Asie, qui viennent célébrer le triomphe d'*ÉNÉE *& son union avec* LAVINIE. *(On danse.)*

ÉNÉE.

JUpiter lance son tonnerre;
Il ordonne au dieu Mars d'ensanglanter la terre:
De son trident Neptune ouvre le sein des mers;
Il partage les flots & leur onde écumante;
Leurs abîmes profonds, dont l'aspect épouvente,
Semblent offrir le chemin des enfers.

La mer calme sa vïolence;
La paix ramene l'abondance:
Les dieux ne sont plus irrités;
Tout nous annonce leur clémence;

Tout sert à faire éclater leur puissance :
Rendons grâces à leurs bontés !

(La fête continue.)

IRIS, LE *ROI* & LE *CHŒUR* ; *LAVINIE* & *ÉNÉE*.

Que de l'Amour tout célebre les charmes.
Aimés-vous / Aimons-nous } sans allarmes ;
Livrés vos cœurs / Livrons nos cœurs } à ses attraits :
Chantés / Chantons } ses flâmes ;
Il est le vainqueur de { vos / nos } âmes :
Qu'il règne, qu'il triomphe à-jamais !

(Une fête générale termine l'Opera.)

FIN.

APPROBATION.

J'Ai lu, par ordre de Monseigneur le Chancelier, une nouvelle Édition de l'Opera intitulé ÉNÉE & LAVINIE, & je n'y ai rien trouvé qui doive empêcher l'impression. A Paris le 9 Octobre 1768.

DE MONCRIF.

www.ingramcontent.com/pod-product-compliance
Lightning Source LLC
LaVergne TN
LVHW010057230826
846091LV00005B/1979
* 9 7 8 2 3 2 9 6 6 8 2 1 5 *